生活的糖罐罐

何田田 著　　指导老师 何颖楠

北方文艺出版社

·哈尔滨·

图书在版编目（CIP）数据

生活的糖罐罐 / 何田田著. —— 哈尔滨：北方文艺
出版社, 2025.1. —— ISBN 978-7-5317-6506-6

Ⅰ. I227

中国国家版本馆CIP数据核字第2024RK2149号

生 活 的 糖 罐 罐

SHENGHUO DE TANGGUANGUAN

作　　者 / 何田田

责任编辑 / 富翔强　　　　　　　　　　装帧设计 / 树上微出版

出版发行 / 北方文艺出版社　　　　　　邮　编 / 150008

发行电话 / (0451) 86825533　　　　　经　销 / 新华书店

地　　址 / 哈尔滨市南岗区宣庆小区 1 号楼　网　址 / www.bfwy.com

印　　刷 / 湖北金港彩印有限公司　　　　开　本 / 880×1230　1/32

字　　数 / 20 千　　　　　　　　　　　印　张 / 3.5

版　　次 / 2025 年 1 月第 1 版　　　　　印　次 / 2025 年 1 月第 1 次印刷

书　　号 / ISBN 978-7-5317-6506-6　　　定　价 / 68.00 元

序 何颖楠

诗歌是现实的另一种存续
是生活的另一种童话
我们需要诗歌
作为精神补给
孩子们写的诗
是森林里的精灵谱的舞曲
是与天上小鸟的窃窃私语
是水中游鱼荡起的涟漪
是现实世界里
迎风起舞的
非循规蹈矩

目录

1

30年后

我打开24号时光机的门
坐进驾驶舱
呜……哔哔……嗖嗖……啾！
来到了30年后
我是云间的一名语文老师
爸爸妈妈已经是拄拐杖的老头老太太
我的Miss He
是一位留着短发的老婆婆
她坐在院子里一边听音乐一边看书
时不时地吃块饼干喝口奶茶
我对我的孩子说
快叫何奶奶

阿拉伯婆婆纳

大树下
小路旁
草地上
这一片 那一片
好像夜空破了洞
洒下许多小星星
捡也捡不完
扫也扫不净

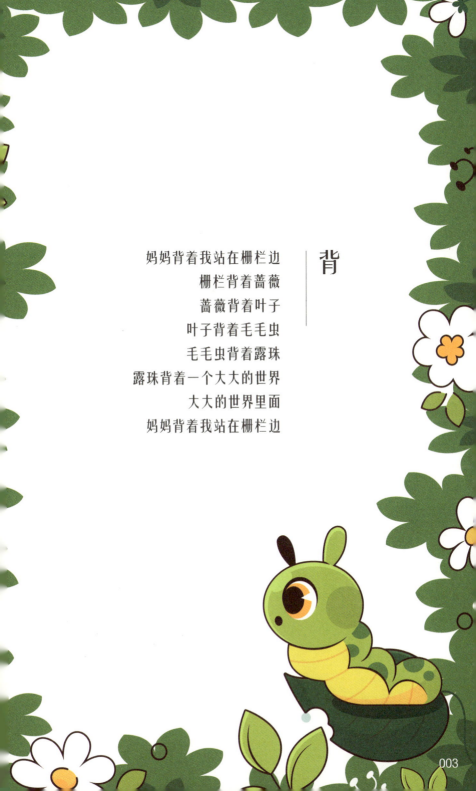

背

妈妈背着我站在栅栏边
栅栏背着蔷薇
蔷薇背着叶子
叶子背着毛毛虫
毛毛虫背着露珠
露珠背着一个大大的世界
大大的世界里面
妈妈背着我站在栅栏边

背乘法口诀的衣柜

衣柜门
哒哒哒哒
我被它吵醒了
我指着衣柜说
妈妈你听
它在背乘法口诀

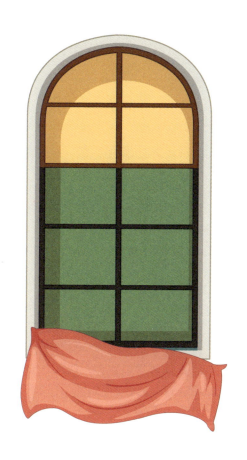

被遗忘的床单

它吹着柔软的风
把灿烂的故事讲给月亮
它迎着滚烫的浪
把皎洁的故事讲给太阳
虽然被遗忘
它一点也不悲伤

彩虹，是彩虹！

感谢对面楼房的玻璃
用闪耀的光芒
大声呼喊着我的眼睛
快看呀 今天的晚霞很美

我跑到楼顶欣赏晚霞
哇 好美 我说
哇 好美 晚霞也说
原来
晚霞在欣赏着另一番美景
我转过身
彩虹 是彩虹
我又跳又唱
就连墙缝里的那株小草
也在这个幸运的日子结出了种子
此时
我感觉
我的咳嗽也好了

我看见
飞机穿过彩虹桥
机上的人
伸手抓一把彩虹放嘴里
嗯 有点甜
是幸运的味道

妈妈 快拍下来
快拍下来
发给何老师
发给何老师
我大声地喊道

我告诉妈妈
彩虹出来时一定要认真地看
因为小水滴们拼命地练习
才摆出了这最美的样子

渐渐地
彩虹越来越淡了
在它消失的那一刻
我决定回家把它画下来

草原的云

云朵是从草原上长出来的
风儿把它放牧在天空
草原上没有树却有阴凉
那是云朵的影子
它用自己的身体
为草儿遮挡骄阳
干旱的季节
它又化成雨水
为草原带来生命的希望
洁白的云朵啊
它深爱着自己的家乡

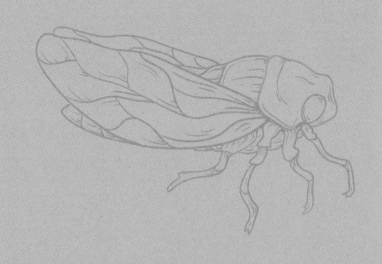

蝉蜕

"刺啦"一声响
它终于撑开了后背的拉链
脱掉了那件小了的连体衣
换上黑色的礼服
站在高高的舞台上放声歌唱
我小心地拿着棕色的壳
问　蝉先生　这是你的吗
它笑着说 我怎么会有这么幼稚的衣裳

车窗外的小星星

我坐在车上看风景
天空中有一颗最亮的小星星
我走它也走
我停它也停
它一会儿躲进楼房里
一会儿挂到树杈上
它在跟我玩捉迷藏
我下车赶紧去找它
原来它躲在我家窗台上

城市、河流与风

没风的时候
河流是城市的美颜相机
楼房 马路 汽车 行人
都更好看了
有风的时候
河流是城市的哈哈镜
楼房 马路 汽车 行人
都变搞笑了

那风是什么呢
风就是游荡在城市里的小丑
看啊
它抢走了小姑娘的帽子
掀起了阿姨的裙子
还吹跑了弟弟的气球
此时
人们并没有生气
只是笑着追赶它

吃泡泡

弟弟玩着泡泡机
我说
不能往河里吹泡泡
小鱼吃了拉肚子
不能往小花上面吹泡泡
蜜蜂吃了会生病
不能对着小猫吹泡泡
小猫刚刚洗完澡
弟弟耸耸肩 那该怎么玩
我说 请你对着阳光吹泡泡
因为太阳最喜欢吃彩色的葡萄

吃樱桃

它们像一个个小音符
我一口一个小音符
吐出一个豆豆核
脆脆甜甜的 真好吃
吃完擦擦嘴
妈妈 你快看
一条紫色小手帕
这是我用一首曲染的一幅画

臭美

早上
一拉开窗帘就看到
防盗窗的金属管上映出了22个小太阳
跑去楼下
草地旁楼房高高的玻璃上
也映出了一个大大的太阳
走到湖边
湖水里也映出了一个闪闪的太阳
真是一个爱臭美的太阳
无论走到哪里都在照镜子
这时
树挡在太阳前面说
你不要臭美了
可是
树又开始臭美了
因为地上映出了树的影子

013

初夏

我喜欢有风的晴天
因为
我可以在风里追逐阳光
墙上有婆娑的树影
湖面上有粼粼的波光
我能听到叶子与叶子的对话
看见嬉戏的小鱼们
我喜欢这个初来乍到的夏天

春天的花

鸟儿飞向杨柳树　　上面挂着毛毛虫
垂丝海棠真美妙　　枝头都是小铃铛
蝴蝶花很调皮　　　总是冲我做鬼脸
红花檵木好美味　　结了很多小面条
浙江红茶嗓门大　　身上绑着大喇叭
玉兰花它不是花　　它是仙女下凡间
荠菜花更有趣　　　拖着一串三角形

春天的早晨

清晨
小鸟看见第一缕阳光
清清嗓子开始唱歌
虫子妈妈对它的孩子说
你们快藏好
风摇醒了柳树
柳枝推一推柳絮说
你该出发了
天鹅吵醒了熟睡中的湖水
湖水指着钓鱼的人对小鱼说
你们可千万别上当
蝴蝶敲了敲花朵的门
花朵打开门说
欢迎来做客
树叶拍醒了蜘蛛
蜘蛛快速爬向小虫子
虫子心里想
我躲过了小鸟
却落进了蜘蛛网

刺果毛茛和梅花

刺果毛茛待在梅花树下
等一阵风
盼一场雨
希望一只小鸟飞过来
它对梅花羡慕已久
因为
风雨过后
小鸟飞来
它就能粘上满身的花瓣

聪明的猎人

它不会飞
也不会跳

傍晚时刻
它在草地旁的路灯上
结了一个圆圆的网

刮风下雨的天气
它在窗台上
结了一个牢固的网

晴朗的天气里
它在树枝上
结了很多的网

寻常的日子里
它在楼道的角落里
结满了大大小小的网

那些会飞的蚊 蝇 蛾
那些会跳的虫
都无处可逃

打架的塑料袋

起风了
哗哗哗
绳子上两个塑料袋在打架
风停了
安静了
现在它俩和好了
起风了　又打起来了
风停了　又和好了
我说
风是个坏人
它俩听了风的话就打架
妈妈说
我把它俩拉开一点
起风了
它俩都在跳舞
我说
哦
原来风不是坏人
只是它俩挨得太近了

倒春寒

"四季号"列车上
冬季兴致勃勃地和别人聊着天
不知不觉坐过了站
车窗外的野花和小草提醒了它
它急急忙忙下车
寻找返回的路
却落下了自己的行李
——北风和雪

等雪来

大树摘掉了头上多余的装饰
准备戴上新帽子
小草乖乖地趴在地上
等着盖上新棉被
天鹅已经上岸
河水准备好了冬眠
平时叽叽喳喳的秋千
也变得静悄悄
风暴躁地吼着
它已经等得不耐烦了
快来吧
雪

飞虫和壁虎

路灯下的墙上
一群小飞虫慌张地飞
一只小壁虎
扭着屁股追
我学着小飞虫扇翅膀
我学着小壁虎扭屁股

壁虎慢慢靠近飞虫
我屏住呼吸
怕它捉到又怕它捉不到
怕它们逃掉又怕逃不掉

我一会儿鼓掌
伴随着叹息
一会儿开心
伴随着生气

我为壁虎鼓掌
为飞虫叹息
我为飞虫开心
为壁虎生气

我听到
当小壁虎在欢呼的时候
飞虫们在哭泣
我看到
飞虫们在得意的时候
小壁虎在垂头丧气

干豆荚

合欢树上的干豆荚
里面住着小娃娃
它们已经成熟了
为什么还没有掉下
是妈妈舍不得娃娃
还是娃娃舍不得妈妈
放手吧 妈妈
否则娃娃怎能发芽长大
下来吧 娃娃
否则怎能长大保护妈妈

高架桥下的藤蔓

高架桥下的藤蔓
顺着水泥柱子往上爬
爬了满满一柱子
又从柱子顶端向周围蔓延
最终
小小的藤蔓变成了
大树的模样

故乡的太阳

一个太阳跟着我走
一个太阳留在故乡
一个太阳照在江面
一个太阳爬上了山
如果我思念故乡
如果我想念长江
我就抬头看看太阳

关不住的春天

砖缝里的小草探出头
那是大地也关不住的坚强的春天
小天鹅游在水面
是蛋壳也关不住的毛茸茸的春天
坐在婴儿车里的小宝宝
是家门也关不住的吃奶嘴的春天

好心的树

一棵树举着一件衣服
喊
谁的衣服 谁的衣服
小鸟说 不是我的
小猫说 也不是我的
小朋友跑过来说
是我的 是我的
你真是一棵好心的树

合欢树下

香甜的合欢树下
我低着头捡起一朵朵粉色的小花
突然 斑驳的树影里
一片叶子开始扇动翅膀
飞到这里 飞到那里
我用脚踩 用手扑
一直跟着它跑
最后 我一抬头
看见它轻盈地停在了广场的秋千上

会爬的宝石

那一颗颗
红色 黑色 黄色 橙色的露珠
永远不会被晒干
像是会爬动的宝石
一会儿镶在叶子上
一会儿镶在杆子上
还有一颗竟然飞起来
镶在了我的衣服上

金银花

夏天来了
妈妈给她的一对双胞胎女儿
做了两条不同颜色的连衣裙
姐姐穿黄色
妹妹穿白色
因为
这样别人才能分得清
长得一模一样的姐妹俩

拉拉藤

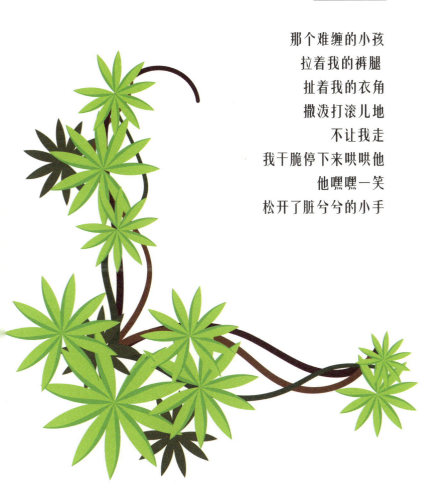

那个难缠的小孩
拉着我的裤腿
扯着我的衣角
撒泼打滚儿地
不让我走
我干脆停下来哄哄他
他嘿嘿一笑
松开了脏兮兮的小手

了不起的蛞蝓

没有脚的蛞蝓
像一团鼻涕
我嘲笑它长得丑
我嫌弃它爬得慢
待我稍不注意
了不起的蛞蝓
一口气爬了30厘米
我羞愧地说 是我小看了你

流浪的气球

那个气球低着头
停在树枝上
它一定在后悔
当初不该太贪玩
追着风儿到处跑
现在风都回家了
只剩自己在流浪

柳树朋友

我站在柳树旁
一条柳枝垂下来
我伸手刚好够得着
它跟我握握手
我们交了好朋友

柳絮

柳絮是下在春天里的雪
落在地上被滚成了"雪球"
柳絮又像一团一团的棉花
我想用它缝一个毛绒玩具
柳絮是小种子乘坐的宇宙飞船
载着它们去远方探险
柳絮是翩翩起舞的小蝴蝶
因为它也是"毛毛虫"变的
柳絮更是一个调皮的小孩
喜欢钻进人们的眼睛 鼻子和嘴巴

落日

（一）
太阳挺着
红红的 圆鼓鼓的
大肚子
悄悄地
躲在了佘山后面
它一定是刚刚偷吃了晚霞
害怕被人发现

（二）
傍晚
太阳像
天空小姐疲惫的红眼睛
慢慢地
闭上了

落叶骏马

我追着一群落叶跑
好似万马奔腾
看
这满地的落叶都是我的骏马
我是牧马的少年
风起
是我在策马扬鞭
尽情奔跑吧
我的骏马
风落
我勒马停下
这里水草丰美
你们就好好享用吧
我的落叶骏马

麦冬

———

如果不是拨开厚厚的叶子

我还以为是谁遗失的蓝宝石项链

那么不起眼的草

却结出了这么闪亮的种子

果然好东西都藏在深处

我要是一种植物

就做一棵麦冬

长在低处

四季常青

迷路的树叶

一片小树叶
落在了我的雨伞上
我把它带回家
这是一片迷路的小树叶
因为错过了秋天的班车
它慌乱中追赶
看着来来往往的车辆
坐满了雪花
这些都不是它要乘的车
直到看见我的雨伞
它以为自己追上了
秋天

您是一束光

亲爱的老师
您是一束光啊
我送您一个泡泡
遇见您它就会有彩虹
这样您就有用不完的好运了

泡泡和发卡

我戴上泡泡发卡出去玩
草地上一个妹妹正在吹泡泡
我飞快去抓
妹妹愣住了
以为她的泡泡落在了我头上
我摸摸头
以为我的发卡飞走了

牵牛花

灌木丛里的牵牛花
没有人看见它
它也挂起了大喇叭
没有人听见它
它还是
嘀嘀嗒　嘀嘀嗒
一只豆娘飞过来
说
你吹得真不赖呀

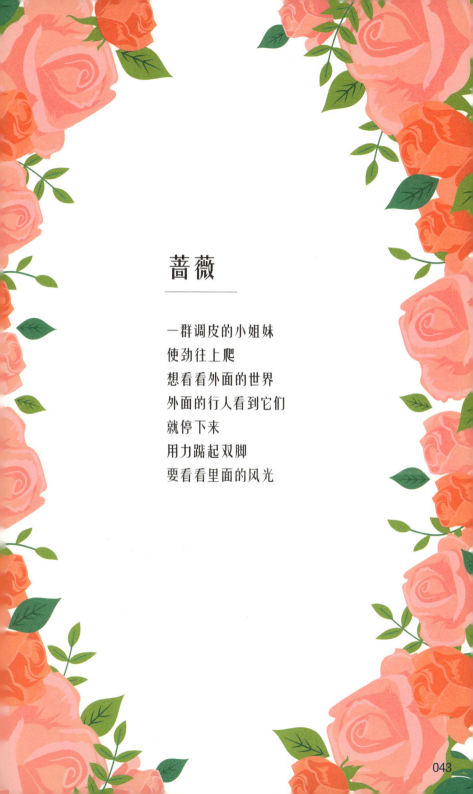

蔷薇

一群调皮的小姐妹
使劲往上爬
想看看外面的世界
外面的行人看到它们
就停下来
用力踮起双脚
要看看里面的风光

倾听

妈妈你听我说
不要东张西望
不要急于离开
也不要走来走去
更不要打断我
妈妈你坐下来听我说
听完之后不要生气
不要骂我
也不要跟我讲大道理
更不要指责我
只需要闭着嘴巴认真听我说
妈妈你听我说
请你耐心听我说

蜻蜓和小鱼

蜻蜓问小鱼
你怎么飞在有水的天空上
小鱼问蜻蜓
你怎么游在没水的池塘里
小鱼尝试着露出水面
呼吸了一口空气
说我的有水的天空就很好
蜻蜓点点水 想了想
说我的没水的池塘就很好

秋日暖阳

阳光下
秋天的蝴蝶寻找着秋天的花
公草母草张着小嘴巴
木芙蓉开得正艳
小河边飘着粉紫色的斑茅花
高高的树枝上
蜘蛛用银丝搭起了高架桥
灌木丛里
狗尾巴草低着头晃来晃去
好像在寻找着什么
石板上的小草是躺着长的
我觉得它现在很懒很懒
连头都不想抬了
小花猫在树下守护着落叶
我问小花猫
能否捡几片
它动动耳朵"喵"了一声说"可以"
我捡起了一片爱心树叶
上面写满了夏天对秋天说的悄悄话

秋日造梦师

我高高地举起了
棉花糖
就像举着
梦中那朵五彩缤纷的甜蜜的云
连大人都无法抗拒这样的甜
那台棉花糖机
就是一台造梦机
没有哪个小朋友能抗拒
我站在落叶里品尝这甜甜的梦
我觉得
落叶像飞舞的蝴蝶
蝴蝶是仙女的萌宠
一朵朵蒲公英
就是
这秋日里
一个个迷你版的棉花糖
我吹散了这片草地上所有的蒲公英
放飞了梦想的种子
我就是这秋日里的一位造梦师呀

秋天的邀请

秋风送来了秋天的邀请
小草姑娘收到了
给自己贴上了露珠美甲
大树收到了
叶子开始变黄
那棵鹅掌楸
好似我的Miss He
新挑染的头发

小松鼠收到了
蹦蹦跳跳地路过
急着去找松果
我也收到了
捡起一片片叶子
折成了鸟儿的形状
把它们摆成"人"字形
大雁啊
飞去南方吧

日出

凌晨5：30
东方
那片镶着金边的云后面
探出了金灿灿的脑袋
哇 出来了
我和妈妈异口同声地喊
慢慢地
它露出了整个身体
好美呀
金色的光芒
闪得我眼睛都花了
和落日相比谁更美
妈妈问
我说都很美
只是
落日的美是疲惫的
它的美是精神满满的

如果

如果你不知道风的形状
你就看看起伏的麦浪
如果你没听说过树的忧伤
你就看看秋天的落叶
如果你还不懂什么是坚强
你就看看墙缝里的小草
如果你不曾感受什么是安详
你就看看月光下的池塘

如果天空是海

如果天空是海
飞机就是海中游过的大鲨鱼
云朵是浪花
太阳是灯塔
月亮是小船
星星是水母
而我
只想做一个小贝壳

傻虫子

哈哈哈哈哈
…… ……

真是一只傻虫子
它绕着一个碗形状的种子壳
沿着圆形的碗口爬了一圈又一圈
永远找不到终点
它进入了一个"无限"的循环
爬呀爬　爬呀爬
从小虫子爬成了老虫子
于心不忍的风把它吹落到地面
可是它却在地上画起了一个又一个圆

烧烤味的深秋

这个深秋
是香香的烧烤味
你看那烤红了的枫叶
烤黄了的银杏叶
烤焦了的海棠
烤酥了的桂花
烤熟了的浆果
烤掉了的树枝
烤脆了的柳叶
配上这凉凉的秋风果汁
真是美味啊

时间 光 文字和声音

我站在大树旁量身高
因为树干上有时间留下的刻度
我在空空的地上跳房子
因为地上有光画好的格子
我捧着书笑出了声
因为书里有文字放出的电影
如果我去爬山
我一定对着山谷喊
你好
因为大山会回应我

瘦竹和胖柳

我的叶子尖尖的　细细的
我的叶子也是尖尖的　细细的
我很瘦小
我很高大
我的枝干细细的
我的枝干粗粗的
我是瘦竹
我是胖柳

树木合唱团

风拿着指挥棒
一 二 三
柳树 竹子 李子树
白杜 玉兰 石榴树
…… ……
整整齐齐地开始合唱
转向左
沙沙沙
转向右
哗哗哗
我和小鸟们
坐在观众席
用耳朵悄悄为它们鼓掌

说悄悄话的花生米

噼里啪啦 噼里啪啦
那盘花生米
说着悄悄话
我慢慢凑上前
什么也听不清
等它们安静下来
我小心尝一粒
嗯
说过悄悄话的花生米
变得更香了

四月的落花

此时
花要落你不要拦
就像当初想开的花
你无须劝
又如春天要走
你留不住
夏天要来
你躲不开

松树与香樟

松树热情地伸出手说
你好
香樟小心翼翼地
虽然
也伸出了手
但是身体却往后躲
因为松树身上全是"针"
它的"热情"太扎了

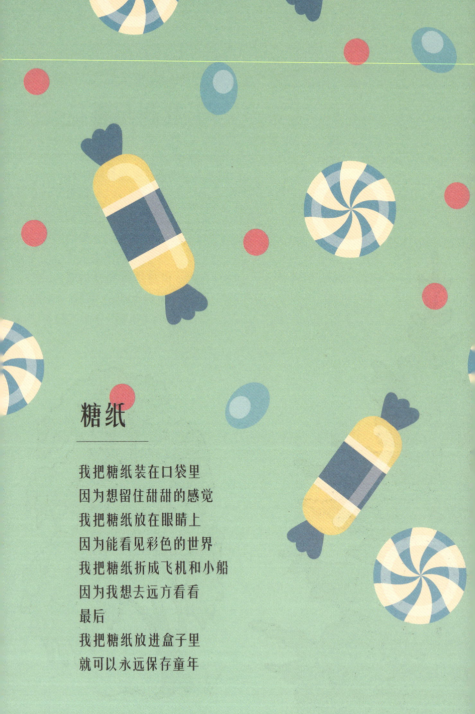

糖纸

我把糖纸装在口袋里
因为想留住甜甜的感觉
我把糖纸放在眼睛上
因为能看见彩色的世界
我把糖纸折成飞机和小船
因为我想去远方看看
最后
我把糖纸放进盒子里
就可以永远保存童年

桃核

那个小宝宝赤裸裸地躺在桌子上
没有了襁褓
它的小脸哭得皱巴巴
那个还在回味香甜味道的人
只好怀着愧疚的心
给它盖上了松软的棕色被子

玩手电灯

当我渐渐靠近时
我变得大大大大大大大大大
当我渐渐远离时
我变得小小小小小小小小小

万物皆我师　我师Miss He

那棵高而挺拔的鹅掌楸树
我仿佛看见Miss He
单手插兜
健步走进教室
抬起胳膊潇洒地将课本放在桌上
干脆地说了声
"上课！"

柳树上最后一朵柳絮
狂风中紧紧地抓住柳枝
像是生病中坚强的Miss He
手扶着桌子
坚持为我们讲课

一群小天鹅在水里学本领
旁边那只大天鹅在轻声细语地指导
那就是他们的"Miss He"
……　……
万物皆我师
我师Miss He

忘年交

冬天的芦苇
白发苍苍
黄黄的叶子黄黄的秆
低着头
有一点点驼背
像阳光下晒太阳的老奶奶
一群小鸟飞来
叽叽喳喳
衔走几根芦苇絮
像一群活泼的孩子
接过奶奶给的糖果
它们是认识了四个季节的忘年交

我被困在镜子里

救救我 救救我
我被困在了镜子里
我用手推
用头顶
怎么都无法逃脱
我闭上眼睛
准备念咒语
却发现
我已经出来了

我的宝物

妈妈给我洗衣服
从我口袋里翻出了
亮片片
小石头
红豆豆
鸟羽毛
糖果纸
还有干树叶
我告诉妈妈
不要拐
这些都是我的宝物
给一百块都不换的宝物

我的旧衣服

我的衣服小了
妈妈说把它送人
我大哭说
不行！
因为
它从小陪着我
我真的舍不得
我怕别人会不爱惜它
怕别人又撕又扯它
害怕它记住了别人忘记了我
害怕别人教它做坏事
它是无辜的
不是它小了
是我长大了

我的"小绿马"

———

妈妈给我买了一匹"小马"
它是春天的颜色啊
开始它不听话
总是把我摔个"大马趴"
我用一天时间驯服它
它能帮我驮快递
也能载我去买菜
我的"小绿马"
它可真乖呀
我骑它飞奔在小路上
我骑它和轩轩一起比赛
我的"小绿马"
它可真厉害
我要骑着它
追上我的Miss He
她看见我的"马"
也会把它夸
我爱我的"小绿马"

我跨越了整个世界

走在路上我低头看
看到了
蓝蓝的天空
白白的云
茂密的大树
高高的楼房
忙碌的行人
来往的车辆
…… ……

我后退几步冲向前
跨越了整个世界

我是一条美人鱼

小鸟像飞鱼一样迎风游过
风就是看不见的波浪
草丛里面的虫子都有自己的保护色
它们就是善于伪装的海底动物
一簇簇竹子随风摇摆
多么像海底的珊瑚丛林
小水潭里游过一"架"大鲨鱼
那里可是深海区
我终于如愿
成了一条漂亮的美人鱼
游到这里 游到那里

我搜集了一瓶夏天的风

我搜集了一瓶夏天的风
留着春天播种
明年夏天就会更凉爽

我搜集了一瓶河面的波浪
留着春天播种
明年夏天波浪会涌动得更漂亮

我搜集了一瓶夏天的天空
留着春天播种
明年夏天天空会更蓝

我搜集了一瓶夏天的美景
留着春天播种
明年夏天就更美好

看
我把夏天装了满满四瓶

我想要一个小花园

我想要一个小花园
花园里有各种花
尤其是
我最喜欢的粉色玫瑰

我想要一个小花园
花园里有各种小动物
咦，瞧
一群小鸭子排着队跟在我后面

我想要一个小花园
花园里有个小池塘
池塘里有荷叶
荷叶下面有小鱼

我想要一个小花园
花园里有大树
大树下面小动物们在开会
而我
在树荫下一边看书 一边荡秋千

我有一个好办法

我是一条毛毛虫
和朋友在河边玩耍
朋友不小心掉到了河里
我该怎么办
咯吱咯吱爬上树
咬掉一片叶子
叶子飘落水里
变成了一艘救命的小船
我是一条"司马虫"
我有一个好办法

我在暑假里想念Miss He

暑假里
我想Miss He
我就画Miss He
我就做梦
梦见Miss He
我对着学校的方向大喊
Miss He我想你了
我在暑假作业上写下
Miss He 我想你了
我天天在家里念叨Miss He
我模仿Miss He 吃饭 说话 走路
你要问我谁是Miss He
她不仅是我的老师还是我的朋友
是我这辈子都不能弄丢的人
我能想象到
当我们班的小朋友都说
Miss He 我想你了
她肯定会高高举起双手说
饶了我吧 哈哈哈哈哈
这就是我的Miss He
她可是我的Miss He 呀!

夏日

烈日下　树荫里
我舔着冰激凌
小鸟叽叽喳喳
凭什么她可以吃冰激凌
凭什么她可以吹空调　吃西瓜
而我们却不能
这时刚刚消停了一会儿的知了
越想越委屈
"哇"地一声哭了出来

夏天的感觉

天气热热的
我穿上裙子　戴着小草帽到楼下去玩
合欢树下一只小蚂蚁在追赶着一只甲壳虫
木桥上小蛞蝓正悠闲地散着步
几只泛着荧光的苍蝇"嗡嗡嗡"地飞过
南苜蓿的种子是长满刺的螺旋形
我和小豆饼妹妹摘下许多　放在头上当发卡
桃树李子和杨梅的枝头挂满了青涩的果子
还有一棵枝叶茂密的大树
我告诉妈妈它的名字叫鹅掌楸
回到家我吃了一个冰激凌
原来
夏天的感觉不仅是热热的也是凉凉的

香甜的早饭

早起
推开窗
深深吸了口气
空气中像是撒了糖
弥漫着桂花的甜
我端着碗走出家门
站在外面
就着花香
吃了一顿桂花味的早饭

香香的风铃

飞虫追逐着樱桃李的花香
蜘蛛也等待着飞虫
风又吹落花瓣
误入了蜘蛛网中
花瓣在风中荡着秋千
是樱桃李树送给蜘蛛的礼物——
一串香香的风铃

想逃跑的床单

傍晚
我和妈妈去楼顶乘凉
风很大
我指着绳子上晾着的床单
大声喊
妈妈你看
它想逃跑

小蜜蜂

小蜜蜂
真是好口才
不知道它 嗡嗡嗡
对花朵说了什么
花朵就慷慨地
把糖果给它装了鼓鼓的两口袋

小苗和蚂蚁

那个白白胖胖的小娃娃
第一次学着脱衣裳
又厚又小的毛衣卡住了大脑袋
它急得大喊
谁来帮帮我 快来帮帮我
小蚂蚁爬过
嘿呦 嘿呦
终于拽下来
小蚂蚁问
能不能把你这件穿小的衣服送给我
拿去吧 拿去吧
然后
它们一起向对方说
谢谢你帮了我

小鸟和枯叶

树上挂满了枯叶
小鸟停在树上
叽叽喳喳
妈妈让我看
我找不到小鸟在哪里
总感觉枯叶在唱歌
枯叶从树上落下
我没看清
总以为是小鸟飞过

心里的啄木鸟

每个人心里都有一只啄木鸟
每当我们不开心的时候
你只要关上门
或者拉上窗帘
做我们喜欢的事
你那只心里的啄木鸟
就会啄掉那一条不开心的小虫子
开心的虫子留下来
然后你就又变得开心了

炫耀

天鹅低下头
看见
树得意地舞动着
炫耀自己摘到了太阳
天鹅抬起头
看见
太阳高高地挂在天空
树踮着脚尖张开手
什么也没有够着

雪花小狗

小雪花们
见到我跟我见到它们一样激动
像我养的一条小狗狗
和我久别重逢
它
欢快地跑过来
摇着尾巴
蹦蹦跳跳地围着我转圈圈
嗅嗅我的衣服和头发
舔舔我的手和脸颊
感觉凉凉的　痒痒的
我缩着脖子　眯着眼睛
笑嘻嘻地追着它跑
我们是一对快乐的好朋友

烟花

我站在阳台看烟花，
妈妈问我烟花像什么？
我说烟花像雪花倒着下，从低向高飘到空中融化啦！
我站在窗边看烟花，
妈妈问我烟花像什么？
我说烟花像孔雀，受到惊吓开屏啦！
我跑到楼下放烟花，
妈妈问我烟花像什么？
我说烟花像陀螺，趴在地上转圈圈，不知不觉转没啦！

阳台观雨

透过玻璃看
外面的世界变得歪歪扭扭
学校操场上的跑道
变成了很多条白色的小蛇
调皮的小雨滴
从缝隙里钻进来
在纱窗上玩起了马里奥游戏
墙角一条小瀑布
像小虫子一样快速往下爬
窗外的伸缩衣架上
小水珠们变成了运动员
它们排着队依次跳下
金属栏杆
也都戴上了透亮的水晶项链

一袋子的秋天

我拿着一个小袋子
摘几个合欢树上的小豆荚
想看看里面的种子长什么样
轻轻剥下一把盛开的桂花
因为它实在太香了
捡几片鹅掌楸的落叶
感觉是Miss He刚剪掉的头发
小心摘下草地上的最后一朵蒲公英
我曾经在夏天的时候一点都不稀罕它
踮脚够几颗白杜的种子
我叫它可爱果
这不
我又搜集了一袋子的秋天
滴滴答答下雨啦
我敞开小袋子
再搜集一些秋雨吧

一叶轻舟

落在地上的柳叶
又干又皱
像一个弯腰的老人蜷缩在那里
一阵狂风吹来
"他"乘风御水
顿觉身体轻盈
仰天大笑地向前飘去

油菜花

我深吸了一口这熟悉的味道
没错
是家乡的味道
这个季节
谁的家乡没有一片油菜花田呢?
那时的我
奔跑在金色的花海里
追蝴蝶
看蜜蜂
编个花环戴头上
提满一瓶沾着花香的老鸹虫喂小鸭
······ ······

雨后的香樟

雨后的香樟花落了一地
像妈妈给我做裙子用的星星纱
黑色的轿车上也变成了繁星点点的夜空
这时
栅栏内探出一条小藤蔓
原来它也想伸手接住掉落的小星星
我用树叶轻轻扫出一条小路
看
这不就是"浮萍一道开"吗

雨中的春飞蓬

雨中的春飞蓬
不停地抖动着身体
咯咯咯地笑
因为
它被雨点挠了痒痒

扎辫子

短发的她
抬起双臂
双手往后拢起头发
尝试着扎个辫子
但是扎一根　散一根
扎一根　散一根
……　……
最后只听到
她无奈又无声地叹息：
"哎……"
我知道
她又放弃了
留长发

雨中的长椅

此时
广场上的椅子好孤独
没人坐在上面休息
更没人来跳舞
此时
广场上的椅子不孤独
上面坐满了晶莹的"小朋友"
还有无数的雨点在跳舞

摘云朵

我在窗边不经意地抬头
今天的白云真好看
赶紧拿着大大的袋子去楼顶

我要摘下最甜的一朵
做成棉花糖
让大家一起来分享

我要摘下最软的一朵
做被子
盖着云朵做的被子
就可以睡在蓝天上

我要摘下最漂亮的一朵
种在花盆里
就能长出很多漂亮的云朵花

等一下
云朵里怎么还混进了一条小鲨鱼
那就放在鱼缸里养着吧

长江三部曲

（一）

长江是一条一望无际的被子
风把它叠了又叠
总是不平整
一怒之下
启动了呜呜叫的大熨斗
怎奈熨斗走过的地方更皱了
精疲力尽的风
停下来
此时的被子最平整

（二）

要过桥了！
因为太激动
我的心无法平静
长江，
我又回来啦！
和冬天不同
现在的长江像绸缎一样又皱又滑
风已经变得柔和
吹在身上暖暖的
岸边的落羽杉发了新芽
油菜花开得正鲜艳
小螃蟹从瓶子里探出头看了看自己的故乡

（三）

再看到长江
我的心情好极了
这段熟悉的路
我都想下车奔跑
炎炎的烈日下
我闻着它的味道　听着它的声音
找到了它所在的方向
这次的长江水变黄了　涨高了
我们像两个许久未见的老朋友
既开心又兴奋
我在江边的杉树林里玩了一会儿捉迷藏
我和长江约定
每个季节我都会来看它

拯救

我蹲下来
伸出恶魔之手想要去摘一棵小草
这时 屁股像被针扎了一样
转过身
原来是另一棵小草
正怒气冲冲地举着长长的宝剑瞪着我
我捂着疼痛的屁股落荒而逃
身后响起了一阵阵"哈哈哈哈哈"的嘲笑

种子

深秋的风很凉
我感觉很冷
望着地上被风吹得凌乱的落叶
我突然大笑
地上躺着一个玩斗鸡眼的小丑
它本来藏在"小小杨桃"里
现在终于看清了它的真面目
那是栾树的种子
我又发现了很多"小翅膀"
它们是羽毛槭的种子
我把它们抛到空中
它们在风中旋转着落下
捡起喜树的种子
我沉思了片刻
狠狠地拔光了它身上的刺
乌桕树妈妈弯着腰
好让种子平安落地
黑黑的乌桕果皮里包着白白的"蒜瓣"
乌桕乌桕 吃了它就无救
因为它是有毒的

此时
我可以想象到
在神秘的热带雨林里
有无数架小小的直升机
又像一群小仙女
旋转着落下
那是龙脑香树的种子
还有一种枫树
它的种子从足球大的壳里
随风滑翔
慢慢飘落到地面
…… ……

这些奇妙的种子
在秋雨后随风落下
等待着
明年春雨后
生根发芽

捉露珠儿

它挂在树叶尖尖
像跳芭蕾的女孩盘起了丸子头
它粘在草芽两侧
小小草芽鼓起了腮帮子
它穿在蜘蛛网上
就是神仙赐给猪八戒的珍珠汗衫
风吹的时候它会不见
太阳大的时候它也不见
我想捉到它
就在凌晨
神秘行动
轻轻一碰
它"咕噜"
就滚了下去
我小心翼翼地
把它捉到瓶子里
回家喂给我的"心形球兰"
嗯 好甜 好甜

做个虫虫也挺好

假如
"露珠是虫鸣结出的果实"
那么
落叶就是秋蝉读过的书本
花瓣是蝴蝶和蜜蜂写过的稿
狗牙根草就是蚂蚱玩过的蹦蹦床
蘑菇是小雨滴们给虫虫们搭的帐篷
我觉得
做个虫虫也挺好

孤独的蟋蟀

广场旁的小路上
一只蟋蟀好孤独
我问蟋蟀去干吗
它说我想去跳舞
我又指着广场说
为何不去广场上
蟋蟀连忙摇摇头
不不不
我穿的可是燕尾服
怎能去跳广场舞

梦

今天我做了一个梦
可惜你没有到我的梦里来
你为什么不敲我梦的门呢
梦里面的天空
云朵都是彩色的花朵形状
我在公园里捡小石头
小石头发着闪亮的蓝光　把整个公园都照亮了
被照亮的树都变成了金树　银树　玉树
上面挂着闪闪发光的果子
我听到了晶莹树叶的沙沙声
我捡了很多有魔法的小石头想要分给你
你为什么不到我的梦里来